有貓的日子，才叫生活

作者 仁尾智
繪者 小泉紗代
譯者 楊明綺

猫のいる家に帰りたい

本書內文初次刊載一覽表

《想回貓咪在的家》
（《貓日和》二〇一六年九月號～二〇二〇年三月號）……P.4－P.47

短歌作品集《有貓相伴》
（枡野浩一的簡單短歌blog二〇〇六年三月、《我愛貓咪》二〇一一年冬季號〈部分修訂〉）……P.48－P.55

《貓之短歌》
（《我愛貓咪》二〇〇七年冬季號～二〇一〇年夏季號、二〇一一年夏季號～二〇二〇年春季號）……P.56－P.105

《貓之短歌　出差版》
（《貓日和》二〇一四年一月號～二〇一四年五月號）

※本書是根據右列連載文章加以增添、改寫，並附上插圖而成。

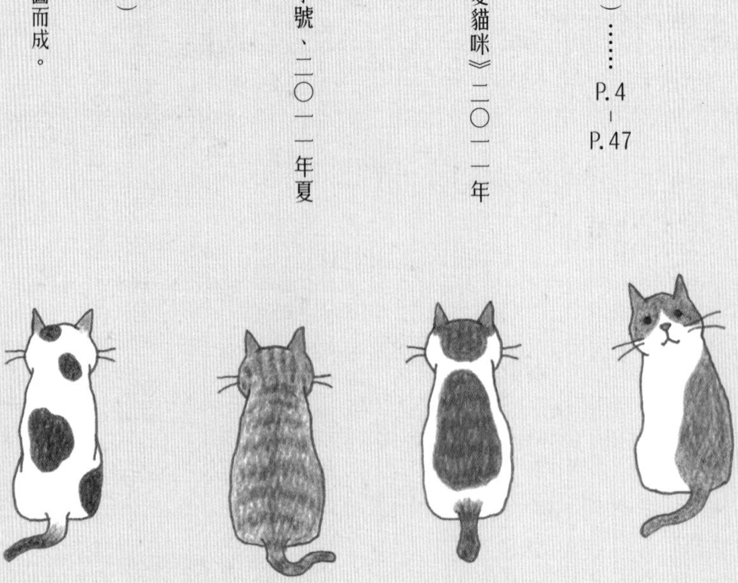

前言

本書從連載於雜誌《我愛貓咪》的「貓之短歌」第一回開始收錄；順道一提，第一回發表於二〇〇七年冬・春季號，所以是從十三年前（譯註）就開始書寫的內容。

這十三年來，我收養了好幾隻貓，也送養及中途過好幾隻貓。重閱這些文章，裡面提到的貓咪有的去當了小天使，也有令人無比懷念的貓，當然更有令人悲傷的回憶。但能將當時的點點滴滴以短歌與文章方式留存下來，是件幸福的事。

因此，將我在《我愛貓咪》與《貓日和》兩本雜誌上連載的文章，予以集結、重新編排而彙整成這本書，也是件幸福之事。

此外，還能請小泉紗代女士將我在《我愛貓咪》雜誌上刊載的照片，繪製成插圖，更是幸福之至。

倘若能讓閱讀本書的讀者諸君也萌生想收養貓的念頭，或是對短歌產生興趣，心靈多少能獲得平靜的話，便是我無上的幸福。

二〇二〇年三月　仁尾 智

幸福就是有貓相伴，
有歡笑，也有淚水。

譯註：本文撰寫於二〇二〇年。

這是一條沒人發現，在大樓旁室外機上有貓的街道。

我因為工作來到大阪，預定停留一週。

我家有八隻貓，我發現牠們時，每一隻都是處在「要是狠下心來不管，這貓明天就會成為小天使了」的慘況，因而收養的流浪貓。每次我跟朋友說起這件事，對方都會一臉不可置信地問道：

「有這麼多街貓嗎？」

當然有。

今天我從住宿的旅館，散步了一小段路，便看到窩在大樓防火巷的貓。我心想：「不會吧。」莫非街貓就像龍貓，只有某些人才看得到。若是這樣的話，我就是被貓選上的幸運人類……就在我這麼思忖時，猛然回神。不對、不對。就像我發現貓一樣，別人也會發現除了貓之外，而我卻沒注意到的東西，好比鳥、花、蟲子，理所當然的事物，或是某個人的想法這類無法真正眼見為憑的事情，不是嗎？這麼一想，我便為自己竟然有這麼多從未在意的事物，而感到驚訝。

雖然窩在大樓防火巷的貓，總是一副隨時都會一溜煙跑掉的模樣，但絕對逃不過我的雙眼。

每次看到街貓那種果敢堅強的眼神，總會讓我想哭。

「我不會對你怎麼樣喔！」我對牠這麼說，隨即離去。

我真想回到有貓咪在的家。我內心這麼想著。

不拍，只看。
彷彿處於鏡頭下的各種貓睡姿。

貓的睡姿，真美妙。

貓的存在，已是不具任何緣由地奇妙，如果再加上牠們的睡姿，更是無與倫比的美妙。

只要看到貓咪睡覺的樣子，無論有什麼煩心事，或是無謂的堅持，全都會拋到九霄雲外，總覺得與仰望滿天星斗的感覺頗相似。

某日，口渴的我從二樓的工作室走到一樓；下樓梯後，先經過客廳再到廚房。我打開通往客廳的門，瞧見躺在地板上的毛小孩呈現令人瞠目的睡姿，就是那種為了逗我笑，算準我下樓時趕緊裝睡，引人發噱的睡姿。我突然想回二樓拿單眼相機，卻又心想這樣豈不是中了牠們的計，遂打消念頭。於是，我躡手躡腳地走過牠們身旁，前往廚房。

我們家一年到頭都會喝冰麥茶，倒了一杯冰麥茶的我走回客廳，毛小孩的睡姿依舊，坐在沙發上的我瞧著牠們，一口飲盡麥茶。

就是這種時候。

「我很幸福，不是嗎？」我真心有這樣的感覺。

就算能辨識出每隻黑貓的特徵，也無法看出桃色幸運草與AKB究竟有何不同。

記得約莫是十五年前的事。那時，妻子娘家養的一隻名叫「桃子」的貓，已經有好幾個月沒回家（鄉下地方的貓都能自由進出家門）。

大家想說桃子可能生病了，不然就是遭逢意外，便放棄尋找（因為是在山裡，桃子可能不小心踩空掉進洞穴，或是遭遇烏鴉襲擊之類的「意外」）。

某天，岳母打電話給內人，告知失蹤半年的桃子回家了。聽說牠的身體狀況還不錯，一副沒事似地回來。

聽聞此事的我當下頗是懷疑，心想：「那隻貓，真的是桃子嗎？」因為牠是隻長相普通，一般常見的黑白貓（這麼說頗失禮就是了）。畢竟岳母一直很掛念桃子，該不會誤認這隻長相類似的貓就是桃子？我真心認為花紋近似的貓本來就很難分辨，加上自己那時才剛開始養貓，所以對此事也不是很確定。

如今，我才明白自己見識有多淺薄。只要是在一起生活的貓，不管長得再怎麼相似，絕對都分辨得出來；好比花紋與尾巴的長短、捲曲方式、喵叫聲、走姿、動作等，不可能辨別不出來。

藉此機會，我要向當時被我懷疑的岳母與桃子致上歉意。對不起。

那喔～～
喵喔～～
啊～～喔。

以伸展的貓背為藍本，
設計出來的溜滑梯。

「吃飯囉！」

我一喊，只見縮成一團的貓像嫌麻煩似地起身，仍舊一臉睡眼惺忪。

「吃～飯～」

我又喊了一次。只見牠慢慢地伸展前腳，低下頭來，豎起尾巴，冷不防向後仰。

我好喜歡貓「伸展」的模樣。

據說，溜滑梯是古希臘時代某位建築師從貓伸展的模樣所發想出來的，我覺得不無可能。我心想：原來有這般的趣聞軼事啊！

伸懶腰的貓不只讓我覺得美，就連我的心情也很愉快。因為實在太快樂了，於是我便趴在地上試著模仿這個動作，但……總覺得不太對勁；絕非是因為心情沒辦法像貓那麼愉快的關係，難不成是因為貓與人類的身體構造有所差異嗎？還是因為我的柔軟度太差呢？好懊惱。

「你在幹嘛啊？」

妻子一臉詫異地俯視趴在地板上做著奇怪動作的我，這麼問道。

剛才還在我身旁的貓已經走向擺著貓糧的廚房。「沒、沒事。」我含糊地回應，隨即起身離去。

貓走過來，叼著不知道是什麼的東西，還露出要人誇獎的表情。

約莫三十年前，我還住在老家時，養過一隻叫「米亞」的貓。牠每天都會到我家附近蹓躂，先從廚房的窗戶跑出去一個鐘頭左右，再從窗戶進屋。每當米亞回來時發出奇怪的喵叫聲，我和家人就會很緊張，因為這表示牠又叼著戰利品（蟲子、壁虎、麻雀等）回來。只見米亞得意洋洋地將戰利品擱在地板上。我從牠的行為明白，原來貓還具有野性。

現在我家的貓都是養在室內，所以不會有這種情形發生，頂多只是叼著玩具而已。

某天，我家的貓叼著不知道是什麼的東西，開心地走向我。那瞬間，喚醒我對於米亞的記憶。不會吧……難不成是活生生的東西？

我恐懼地看向牠叼著的東西，原來是裝豆腐的空盒。此後，這隻貓便會不時叼著這個在廚房發現的東西，實在不懂牠為何會將裝豆腐的空盒視為「戰利品」？

我微笑看著牠的同時，突然覺得有點對不起牠。

「為了補償你不能狩獵的痛苦，我保證一定給你一輩子吃好、睡好。」我帶著給自己找藉口彌補的心情這樣想著。

就連貓也會一臉嫌惡地瞅著，我那隨意亂扔的臭襪子。

貓會露出像是在笑的表情，尤其當牠睡著時，最常看到這表情（八成美夢正酣）。其實牠並沒在笑，但看起來就是這樣。

這種事倒是挺常發生。

譬如，貓吃飯吃到一半時，會用前腳搔搔裝著貓食的飯碗邊，這動作看起來像在抗議：「我已經受夠這麼難吃的飯了！」其實這動作就好比是「先把東西藏起來，之後再吃」，就像用貓砂蓋住貓食隱藏起來的意思。明知如此，看到毛小孩做出這個我家稱為「卡西卡西」的動作時，還是會很在意地想：「不屑吃，就不要吃啊！」

此外，貓嗅到怪味時會半張著嘴，這行為好像是叫「裂唇嗅反應（譯註）」。想說牠應該會聞個不停，沒想到牠卻突然神情嚴肅地張著嘴，就這樣靜止不動好一會兒，好比牠嗅聞我的臭襪子時就會這樣，這真的很傷我的心。只見牠一臉嫌惡地像是在說：「不會吧……」，而我也很想反駁：「不會吧……」

其實貓咪明明沒這麼想，但看著牠的我就是會胡思亂想。

譯註：貓的上顎（口腔內上面拱形的部分）前齒的根部有兩個細小的洞，與犁鼻器連接在一起，從這裡吸進的氣味分子，能經由與鼻子嗅入氣味不同的路徑，傳達到大腦。為了能讓犁鼻器吸收到氣味分子，會將嘴半開著，抬起上唇，此稱為「裂唇嗅反應」。此外，有蹄類動物、貓科動物及其他哺乳類動物，也都會有這種行為。

煙、貓與我，
就這樣隨興地往高處去。

貓就是喜歡往高處去。

以前我曾用梯子救下爬到樹上卻下不來的貓。明明沒被其他貓追趕，為什麼要爬上去呢？

我在醫院看到失心瘋的貓跳向掛在診間牆上的圓形時鐘時，不禁怔住。完全不解牠為何要跳上厚度僅三公分的時鐘呢……？

貓跳台的頂部最受歡迎，一向是兵家必爭之地。明明已經有貓悠閒地窩在那裡，其他貓還是要跳上去搶位置；家裡多的是可以舒服窩著的地方，為何非要爭奪那麼一小塊地方？

我實在很想問牠們：「究竟是什麼原因讓你們非要這麼做不可？」只見每隻貓都緊趴著紗窗，毫無目的與理由地往上攀爬，再步履蹣跚地下來，結果搞得紗窗破破爛爛……。到底是怎樣啊……？總覺得與其說貓喜歡爬到高處，看起來倒像是有什麼原因驅使著牠們這麼做。而且這樣做不是在玩耍，也沒什麼特殊目的，就連貓自己也不明究理，只是拚了命似地往上爬。

我心想，別那麼急著往高處去嘛！悠閒地待在我身邊不是更好嗎？

就算我跟牠們搭話，那張貓側臉，依舊不願與我正面以對。

為何我會跟牠們搭話呢？

我覺得貓其實不太能理解人類說的話。

即便我是這麼認為，但每天仍舊這樣做著，或許是因為一天中能說話的對象也只有貓吧。

總之，我來想想自己會對牠們說些什麼吧。

「我換一下水，等等哦！」、「有沒有哪裡覺得痛呢？」、「誰把柴魚片撒得一地都是？」、「我會拿給你吃啦，等一下！」、「你那是什麼樣子啊？」、「好厲害喔！」、「不吃了嗎？等一下說還要，不會給你哦！」、「想睡覺嗎？」、「真是的！怎麼又跳到那裡」、「好可愛喔！」、「你已經厭倦這東西啦？」、「這是誰吐的？」……。

當我試著寫出來後，驚覺自己說的話竟然如此幼稚。不過，要是和牠們聊些什麼世界局勢、家裡的鳥事，也太沈重了，還是過得悠哉一點比較好。

當然，貓咪們只是嫌煩似地稍微動動耳朵、搖搖尾巴，不屑地抬眼瞅著我，完全不想理我。

就算是這樣也無所謂。不，應該說這樣比較好，反正我還是會繼續對牠們說話。

小貓只有「胡鬧」與「睡覺」這兩個選項，還不曉得什麼叫「保留體力」。

我幫別人照顧小貓，大概有兩個月的時間，前幾天將牠平安送還主人。許久沒當褓母的我，深深覺得小貓有三大強項。

第一，「做什麼事都全力以赴」。已經會跑的小貓總是竭盡全力奔跑。就在我心想：「怎麼突然變這麼安靜啊！」才赫然發現牠睡著了。原來小貓的生活模式只有「ON」和「OFF」，我覺得「切換開關」這個詞非常適合用來形容小貓。

第二，「一旦記住就不會忘記」。我們家的貓跳台有一部分是必須攀著桿子才能上去的構造，結果小貓挑戰了好幾次都無法登上頂部。某天，牠不知為何發現一條能夠登上頂部的路線，於是循著這條路線連續爬了好幾次；但牠沒辦法自己下來，所以每次都是我抱牠下來，這時期的貓可真是倔強。

第三，「小貓長大後就成了大貓」。長成大貓時，牠們的生活模式不再只有「ON」和「OFF」，也會記得「要保留體力」這件事，而且一旦記住就不會忘記。牠們學會保留體力，也學會悠哉過活。

真的很厲害，不是嗎？

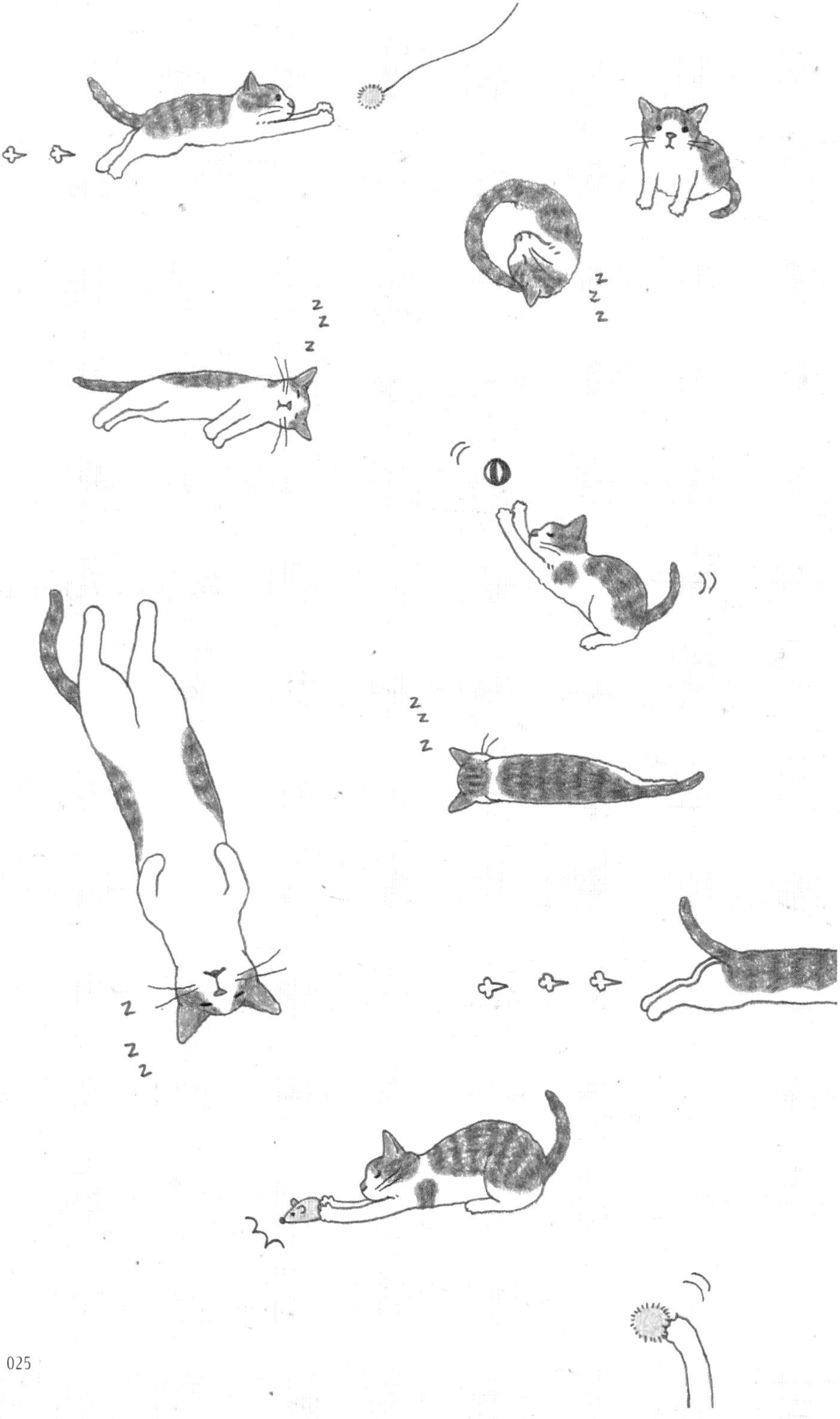
Z Z Z
Z Z Z
Z Z Z
Z Z Z
Z Z Z

總算摘掉頸圈的貓，明明已經痊癒，看起來卻更虛弱。

這陣子我常吃杯麵。

倒也不是懶得煮，也不是因為超愛吃杯麵。

而是因為前幾天，有隻貓誤闖進我家庭院。牠的臉上有道大傷口，我心想：「該不會是來求助吧。」並趕緊帶牠去獸醫院。

為了防止牠用後腳搔抓臉上的傷口，必須幫牠戴上防咬舔頸圈。市售的頸圈有各種尺寸，我立刻買了一個幫牠戴上。嗯……吃東西好像有點困難。就在這時，我聽說「可以用杯麵容器做頸圈」，便馬上做了一個。做出來的頸圈又輕又小，方便吃東西，走起路來也沒負擔，而且中空的杯麵頸圈要是髒了就丟掉，真的很方便。這東西還真不錯，姑且不論外觀是否美觀。

我每天都得幫牠塗藥，每兩天換一次頸圈，也就是說我每兩天得吃一次杯麵。

拜杯麵頸圈之賜，傷口復原得很好，也不必再戴頸圈了。不過，總覺得沒戴頸圈的貓看起來有點虛弱；雖然傷口花了些時間才癒合，但能治癒真是太好了。

還有，我那因為吃很多杯麵而凸起的小腹也總算消下去，真是太好了。

とんこ
CUP
OODLE

慶祝春天到來。
貓打了個近來最大的呵欠，
從今日起就是春天了。

我看著電腦裡的照片匣，發現貓打呵欠的照片超乎想像的多。

我家多是活動量不大的老貓，所以很好抓準時機拍下「打呵欠」的照片，但未免也拍得太多了。

畢竟不可能算準牠們打呵欠的時機，所以多是湊巧拍下牠們打呵欠的模樣，這種事只能等待、一直等待，不是嗎？其實不能說是湊巧，應該是貓看向鏡頭時，剛好打了個呵欠。

為何這麼說呢？

「既然要拍照，這麼做比較好，是吧？」牠們是如此揣測嗎？不，牠們才沒這麼貼心。……總之，就是忍不住打了呵欠。

換句話說，就是貓咪們覺得無聊，在與我對峙的這段時間，無聊到不禁打呵欠。

「（呼哇～）別廢話那麼多，快點幫我準備飯飯啦！」牠們是這麼想嗎？是這樣嗎？

好懊惱。

雖然很懊惱，但下次牠們打呵欠時，我還是會按下快門，然後趕緊幫牠們準備吃的。要是按快門的速度太慢，還會邊準備貓食，邊謝謝牠們給我拍照的機會。

被貓舔額頭是一種類似愛，微暖又有點痛的感覺。

貓有時表現出來的示愛動作，總讓人困惑不已。好比牠喵叫著，跳上我的膝上時，「難不成牠在討好我嗎？不對、不對，一定是我誤會了。」讓我的心情在歡喜與自制間遊走。

貓到底在想什麼呢？我好像知道，又好像不知道。正因為不知道，促使我常提醒自己別自以為是地解讀貓的心情，搞得連自己都受不了自己。

自從我和好幾隻貓一起生活後，發現每隻貓依個性不同，示愛的動作也不一樣；有露出肚子向我撒嬌的貓，也有用部分身體緊挨著我的貓，還有摩擦我鼻子與身體的貓……。

不然就是四目相交時，點頭似地緩緩瞇起眼的貓。起初以為是牠們的習慣動作，後來知道這是一種示愛表現後，我就更愛牠們了。此外，也有貓像是有話對我說似的，只是張開嘴，不發出喵叫聲。聽說這種俗稱「silent meow」（沈默喵叫）的動作也是一種示愛行為。

最教人傷腦筋的，是喜歡舔我的手和臉的貓，而且一直舔同一處地方，沙哩、沙哩、沙哩……舔個不停；雖然有點痛，但想到這也是一種愛的表現，只好忍耐著，直到牠心滿意足。

不再狩獵的貓，有時會用牠磨過的爪子刺我。

貓在磨爪時，很專注。

也是啦！畢竟對牠們來說，爪子是狩獵工具，也是防身用的武器，所以貓爪的保養可是攸關生死問題。就像專業運動員會仔細保養他們的道具，貓也會磨爪；看著正在磨爪的貓，就覺得牠們「好勤奮啊」。

但就某種意義來說，讓牠們日復一日（就如同字面上的意思）的努力化成泡影的罪人就是我，因為我要幫牠們例行性「修剪爪子」。想想，真的要對如此努力磨來磨去的爪子下手嗎？我要當劊子手嗎？

總之……幫貓修剪爪子是件苦差事，所以我常偷懶。

我常用手或手指逗弄來到我身邊的貓，而且硬要讓已不再是小貓的成貓陪我玩。就這麼玩了一會兒後，只見牠嫌煩似地瞬間變臉，於是因為我的怠惰而成了凶器的貓爪就這樣刺向我的手指甲。

這種痛讓我感受到牠們被我奪去身為野貓尊嚴的「痛」，頓時心生愧疚。

雖然我一直想著為了彼此著想，還是勤快修剪貓爪吧，但今天我的手依然被抓得傷痕累累。

姑且不論實際情況如何，窗邊有貓的我家看起來很幸福。

我家有必須定期回診的貓，大概每兩週要去動物醫院報到一次。大多是內人開車去醫院，我都是坐副駕駛座。

前往醫院的路上，會經過好幾戶有養貓的人家。因為貓喜歡待在窗邊，所以去醫院時，幾乎每次都能隔著車窗看到端坐在窗邊的貓，總覺得好開心。

僅僅是車子駛過的一瞬間，我總會興奮地向妻子報告：「看到了！今天是褐白斑的大貓！」、「有兩隻耶！」、「今天怎麼都沒看到半隻……」，被迫回診的貓則是窩在提籠裡喵叫抗議，車內總是這般的氛圍。

待在窗邊的貓真好看，為何這麼好看呢？牠們多是毛色光亮，看起來很健康的貓，應該很受主人疼愛吧……我微笑地想像著。我家那些毛小孩的閒適模樣也令人賞心悅目。

此外，我還會對那戶人家心生「志同道合」之感。一想到他們家或許也經歷過我家貓咪們引發的各種事，就很想邀約對方去喝一杯。

雖然是容易讓人心情沈重的醫院之行，感覺倒也沒那麼糟就是了。

貓尾巴微顫，
表示牠預料到將有好事發生。

什麼時候會發抖呢？好比覺得寒冷時會發抖，或是因為恐懼而發抖……我倒是不曾有過這樣的經驗，也從沒開心到發抖。當然，也不會因為好想見到誰而高興到發抖。出乎意外地，人是不太會發抖的生物。

貓倒是看起來常發抖。譬如，我會伸手摸摸蹲在醫院診療檯上的貓，發現牠不停在顫抖，總覺得好可憐。當牠的喉嚨發出聲音時，可能也是在發抖吧。不過我啊，最喜歡看貓興奮時，豎起尾巴，微微發顫的模樣。

為什麼這個「尾巴微顫」的動作會如此吸引我呢？

我覺得與其說貓尾巴微顫表示「牠現在心情很好」，不如說是「牠預料會有好事發生」，這般深信未來的天真與堅定，真的很棒。

「這個人出現，看來等一下就能吃飯飯了（抖）。」

「他坐在這裡，表示我能享受被撫摸的感覺（抖）。」

也就是說，當我看到微顫的貓尾巴時，我是被牠們期待的一方；無奈白目如我，總是違背牠們的期待，不是太早給飯飯，就是一屁股坐在和室椅上不走，死皮賴臉地一直撫摸牠們。

無家可歸的貓抬頭看著我。
貓咪啊，
我是否看起來不知如何是好呢？

去年秋天，有隻小貓誤闖我家庭院。暫時收養約兩個月後，順利幫牠找到新主人，現在的牠被主人寵愛著，真是太好了。這位飼主開心迎接小貓到他家的模樣好幸福，讓我很羨慕。

我赫然發現一件事，那就是我不曾滿心歡喜地迎接貓咪到我家。我家的每一隻貓都是湊巧遇見，因為不忍心拋下不管而決定收養的。畢竟事情來得突然，既沒做好心理準備，也還沒下定決心，所以每一次的收養可說是不安的心情遠勝於喜悅。

決定暫時收養後，直到病毒檢查與驗血報告結果出來之前，這段時間的我始終焦慮不安。如果健康狀況沒問題，就會開始幫牠尋找新主人。當然，這是無法馬上搞定的事，所以相當累人，也十分考驗耐心。即便貓咪因為健康問題或其他因素而成為我家一員，還得賭一賭牠是否能和其他的前輩們融洽相處；萬一合不來，光想就令人頭疼。

話雖如此，來到陌生環境的貓應該比我更不安吧。所以我決定下次暫時收養貓時，一定要先做好心理準備，滿面笑容地對牠說：「歡迎來我家！」

みかん

貓很滿足地縮成一團，躺在我枕頭的正中央。

我的被窩總是放著兩個枕頭。

當然，這不是為了與最愛的妻子片刻不離地相擁而眠，而是貓專用的。

當我開始準備就寢時，一直窩在自己睡覺地方的貓會緩緩現身，一副抱怨「我等很久了耶」似地打了個呵欠。當我心想：「你明明在睡覺啊！」打算鑽進被窩時，只瞧見貓已縮成一團躺在「我的」枕頭正中央，而且每次都這樣；我的枕頭比較高一點，躺起來似乎比較舒服。於是我抱起牠，移到旁邊的枕頭，這樣做覺得有點內疚的我還會趕緊撫摸牠的喉嚨與背部，就這樣成了每晚的例行公事。

或許你會說：「再買一個同樣的枕頭不就好了嗎？」我也是這麼想，但不難想像這麼做會演變成什麼光景：我（竊喜地）將頭枕在牠沒躺的同款枕頭上，過了一會兒，會有東西不斷摩擦我的臉，向著我的貓屁屁一直擠過來，就這麼佔據我的枕頭。

這不是睡得是否舒服的問題，而是我的枕頭被霸占了。證據就是我一早醒來，發現自己的頭並沒有枕在枕頭上。

若是問貓：
「fish or chicken ？」，
牠會凝視食盆裡殘留的貓糧。

我知道自己養了好幾隻貓，只是沒想到牠們對於貓糧口味的喜好還真是天差地別，所以設法掌握每隻貓的喜好，盡量配合牠們的口味備膳，也是我的重要工作之一。

「這隻貓喜歡偏脆，而不是偏軟的口感」、「比起果凍口感，這隻貓更喜歡湯品」、「這隻貓喜歡雞肉，討厭鮭魚」、「這隻貓喜歡柴魚」……諸如此類。我是那種不挑食，什麼都吃的人，卻為了牠們而變得挑剔。

其中有隻貓讓我到現在還不太能拿捏牠的口味，所以頗掛心。某天，我拿平常不會買的貓糧給牠試試，沒想到竟然吃得津津有味，我頓時有種「哦？這個合你的味口嗎？抱歉，我之前沒發現啦！」的心情。

隔天，我又給牠吃這款貓糧。這是理所當然的事，是吧？嘶……。啊……。牠連聞也沒聞，露出一副沒看過這款食物的模樣，而且是徹底漠視。我心想：「唉～～我現在活脫脫就是『無語問蒼天』的心情吧。」

我真是搞不懂貓的喜好，也不想再勉強搞懂了。

看著望向雨天的貓，我想到一首童謠。覺得「雨天休息」這個決定應該是正確的。

今天一大早就開始下雨，而且雨勢滂沱。我最近才認知到一件事，那就是「下雨天會讓人提不起勁」，之前完全不覺得雨天和自己渾身不適有何關聯，後來察覺到這種關連性後，就會用APP確認天氣與氣壓的變化，將身體的不舒服歸咎於天候，就這樣安心地過著每一天。

一到下雨天，貓似乎更加懶洋洋，平常幾乎都在夢周公的牠們可說「懶惰又提昇一個檔次」，簡直懶到讓人瞠目，散發著「什麼都不想做」的強大氣場。雖說貓給人的印象就是「任性」，不過怎麼說呢？總覺得牠們其實頗忠於自己的心情。每次看到望著雨天的牠們，心裡就會產生這樣的OS：「對喔。我之所以覺得倦怠，也是因為雨下個不停的關係吧……」沒想到，我竟然這麼不瞭解自己。

有首童謠描述南島的國王下了一道「雨天就停課」的旨令。瞧瞧窩在窗邊懶洋洋的貓咪們，再對照自己的情況，心想「雨天休息」這檔事其實很合理，不是嗎？雖然這麼想，但我隨興度日的程度並沒像貓咪那麼厲害，所以還是動筆寫了這篇文章。

總算寫好了。

至少就我在家裡的觀察，
貓不會因為暖桌而縮成一團。

暖桌季節即將到來。

每年，當我家的暖桌開始運作時，我早上八點就會開始幫貓咪拍照，並錄下牠們在暖桌裡頭的情況，然後上傳推特，就這樣持續了六個寒暑，做著這件連自己都不曉得能持續多久的事。但從去年開始，我發現愈來愈多人也上傳他們家的貓窩在暖桌裡頭的閒適模樣，覺得好開心啊！（順道一提，我的主題標籤是「#貓咪暖桌」（#ネコタツ），還請大家踴躍關注）。

然後，我發現一件事，那就是窩在暖桌裡頭的貓不會縮成一團，而是身子拉得長長的。

所以我一直在想：「寫那首童謠的作詞者應該沒養過貓，而是靠想像寫的吧？」顯然事實不是他寫的那樣。

早期的暖桌好像是在火缽之類的東西四周架起木頭架子，再罩上一條棉被，沒有木板桌面的樣子，所以貓不是窩在暖桌裡頭，而是在暖桌「上面」縮成一團取暖。我頓時恍然大悟。

我竟然懷疑作詞者（作詞者不詳），真是不好意思。不過，一想到百年前的人們也很憐愛在暖桌上縮成一團的貓，不禁會心一笑。

如果貓知道自己叫什麼名字，我想知道牠為何有時會不理不睬。

我曾寫過這樣的短歌。

有被喚名字，就搖尾巴的貓。
就算喚內人的名字，牠也會有反應。

也就是說，「貓不知道自己叫什麼名字囉？」我是這麼想的。用搖尾巴來回應的貓還算可取；印象中，大多數的貓就算喊牠的名字，也沒什麼反應。

某天，我得知有篇論文主張貓知道自己叫什麼名字時，深感錯愕，心想怎麼可能？於是前幾天，我向為這本書繪製插圖的小泉小姐提起這件事，她回道：「哦～我看過那篇報導。是啊！貓當然知道自己叫什麼名字囉！」她那完全不同於我的反應，再次令我錯愕。

想想迄今為止，我邂逅了多少隻貓，喚過多少遍貓的名字。貓要是知道自己叫什麼名字，「喔～就是這個人在叫我啊……」若是知道我在叫牠，還能完全不理不睬，無視我的存在嗎？竟然能夠充耳不聞得那麼自然，我還真想學學。

不過，貓要是知道自己的名字，對每一次叫喚都有反應的話，也頗傷腦筋就是了。正因為牠們愛理不理，我才能恣意喚牠們的名字。

「眼睛顏色變了」，
表示「熱衷、著迷」的意思。
小貓正努力想變成大貓。

貓的眼睛顏色會隨著成長而改變，還是小貓時的眼睛多半帶點混濁的藍色。藍眼睛很漂亮，卻也有點恐怖，這種眼睛的顏色稱為「kitten blue」。從這種顏色逐漸變成混著藍色與褐色，一種很難形容的深色，再來就是長大後該有的眼睛顏色。成貓的眼睛顏色也有好幾種，像是褐色、綠色、藍色等，真的是很神秘的變化過程。「kitten blue」終究會消失，不再出現……。這說法稍嫌誇張就是了。總之，就是時間很短暫。

我查了一下「kitten blue」，什麼「虹膜」、「黑色素」、「瑞利散射」等，都是些艱澀的專業用詞，看得我有點疲累。「啊啊～這些肯定都是學生時代學過的東西……」我邊苦思，邊很感興趣地看著報導內容。「小貓之所以是藍眼睛，並非因為有藍色素的關係，這和天空、海是藍色的道理一樣。」什麼啊？這說法很酷，不是嗎？

「kitten blue」，小貓的藍眼睛，
與天空、大海的藍是同樣的藍。

多麼棒的短歌啊！比起開頭那首短歌，這首似乎更好。

有貓相伴

雖然別人覺得我是個好人……。好吧。來聊聊貓的二三事。

再也無法喵喵叫的貓身旁，有隻棄貓在叫著。
如果我假裝沒看見牠，牠就會死；
但如果牠不是一隻貓，我也不會看見牠吧！
貓越來越多，除臭物品也跟著增加，讓人忘了正常空氣的味道。
打算幫牠找新主人的貓名叫「阿一」，我告訴自己不能捨不得。
讓結紮、軟禁的貓咪們療癒我的心，真是不好意思。
五隻貓在窗邊排排站，想不看見牠們撒嬌的模樣都難。
再也回不到那個有貓躺在緣廊睡覺，氣氛祥和的家。

有隻無法靠自己下到一樓的貓，讓我擔心不已，無心工作。
我好餓，但家裡卻只有貓糧；是有貓糧沒錯，但我好餓。
以「貓不喜歡吸塵器」為藉口，負責打掃的我想睡午覺。

站在用彷彿能看透一切的眼神看著我的貓面前，我笑得很開心。
有一隻只要喚名字，就會搖尾巴的貓；即使是叫牠妻子的名字，牠也會有反應。
本來想喧鬧一番，但看到貓躺在床上，就隨即打消了念頭。
右邊是妻子，左邊是牆壁，胸口上躺著貓，枕邊窩著貓，大腿上也有貓。

牠玩弄著栽種的蔥。對了，「貓」這個字是「犭」字旁，再加上「苗」。
總是待在那座圍牆上頭的貓並未出現，今天也是只有一如往常的圍牆。
明明是野貓，卻很親人，或許牠曾是有過名字的貓。
已經沒有貓的老家，擺在廚房的食盆還殘留著脆餅。
不苟言笑的岳父開的車子引擎蓋上，留有貓腳印。
回過頭，露出「才不給你呢！」表情的野貓，嘴裡叼著一條竹輪。
我一邊確認地上的東西不是貓，一邊也瞅著又被車子輾過的粗棉

白手套。
已經不再跳上餐桌，只是仰頭望著的貓與牠吃的魚乾。
撫摸著美麗貓背的我的貓背（譯註）一點也不美。
比起被撫摸的貓，撫摸牠的我似乎發出更多聲音。
睡著時會做出喝奶的動作，卻從未喝過母乳的貓。
我不認同霸占妻子的膝蓋，睡著好覺的貓。
連眼睛都還沒張開的小貓，用背影訴說哀愁的歲月。
我試著問貓咪：「這個家如何呢？」，如果牠什麼都沒說就表示還不錯。

我和每次一回到家，就會湊過來嗅聞，一副「你是誰啊？」的貓，已共度了十個年頭。

譯註：日文的「貓背」即「駝背」的意思。

睡在攤開的報紙上，是身為貓的自覺與責任吧。

我打開早報。視線才稍微離開一下，貓就躺在攤開的報紙上了，對此我早已見怪不怪。

倒也不覺得牠是在討拍，或是存心和我作對，只見牠一臉嫌煩地走來，似乎是迫於無奈地躺在報紙上……有這麼勉強嗎？

雖說如此，我也沒放棄看報，先跳過牠躺著的那一頁，繼續翻閱。是的，貓三明治就這樣完成了。我繼續閱報。明明對我或是對牠而言，都是不太舒適的狀態，但我還是忍耐著繼續翻閱；結果往往是我先舉手投降，把報紙讓給牠。

這時候，懂得退讓才是成熟的大人。我也知道要求貓有這種氣度風範，根本就很幼稚；或許對牠來說（儘管有時很不情願），只是在盡身為貓的責任吧。拜此之賜，家中生活才能順利運作，這也沒什麼不好，反正只是沒辦法看報紙而已。

過了一會兒，我走回去，貓依舊被報紙夾著。我偷瞄一眼，只見牠一臉幸福地呼呼大睡。

嗯，這樣也挺好的。

しんぶん

希望暫時收養的小貓，能有個「不會再想起我家」的幸福未來。

我家的貓變少了……，但我卻不覺得悲傷，反而很開心，因為我幫兩隻小貓找到了想要收養牠們的新主人。

歷經一番周折，終於將兩隻貓送至新主人身邊。從那天晚上開始，感覺床變得格外寬敞。

貓咪離開後，床位空出來了。
翻來覆去的我十分淺眠。

那兩隻貓幾乎同時來到我家，一隻是在我家附近便利商店旁邊發現的，另一隻被棄置在垃圾場。因為我們家已有十隻貓，所以本來就打算幫牠們尋找新主人。

面對決定送走的貓，
沒必要哭，也沒理由哭。

牠們倆感情很好，卻和我家的貓處不來，兩隻總是喜歡惡作劇。

一臉滿足的小貓，
以及在冷便當裡莫名消失的炸雞塊。

牠們就這樣暫時留在我家半年，於是我開始想不然還是留下來，

自己養吧……。就在這時，有人說想要收養牠們倆。其實我很替牠們開心，並不覺得悵然。

就算從廚房傳來莫名聲響，我也不在意。因為淘氣的貓已經不在我家。

我由衷希望牠們能過著幸福到不會想起待在我家的日子。

露出還是野貓時，
不曾有過的睡臉。
一副毫無防備的模樣。

我家的貓原本都是野貓。要是沒及時伸出援手的話，恐怕不消幾天就沒命了，所以我只有暫時收養這個選項。

來到我家一段時間之後，貓臉會出現明顯的變化，尤其是向上看的眼神會比初來乍到時溫和多了。不難想像過往的野貓生活有多艱辛，也證明牠們在我家待得很安心，所以我頗感欣慰。

但是我又想到，表情溫和的貓臉，表示牠們已經無法在戶外生活了。而讓牠們變成這樣的人，就是我。

雖然在收養當下我沒有其他選擇，但還是覺得內疚。我總覺得從牠們身上奪走的，以及牠們給我的東西，遠比我給牠們來得多，所以我至少要讓家裡成為讓牠們卸下心房，露出輕鬆、閒適睡臉的地方。是的，就像左邊的插圖那般。

※不好意思，藉機聊聊私事。我因為工作的關係，必須離家生活一段時間。臨走前，我突然心想：「我足足有長達七年的時間，沒過一個人的獨居生活了……」但等到真的離家後，又很想念熟悉的貓味，連我自己都很意外，真的好想念牠們。

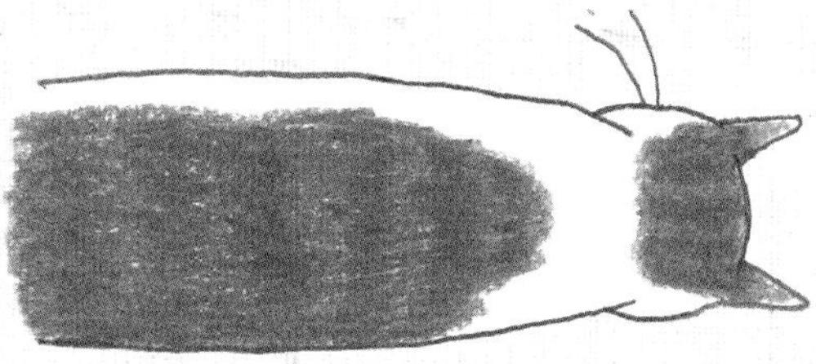

撫摸著牠那有如樂器般的喉嚨。讓我成為一流「愛貓家」（譯註）的春夜。

這世上，我最愛的聲音就是貓叫聲。與其說是「貓叫聲」，或許我喜歡的是那種無意識發出「咕嚕咕嚕聲」的感覺吧。我到底在胡言亂語什麼啊！

有些貓一被撫摸，就會反射性似地發出咕嚕咕嚕聲，當然也有完全沒反應的貓，格外讓人憐愛。不過啊，有時候想說牠心情很好，一直發出咕嚕咕嚕聲，便趁興撫摸牠，卻冷不防遭攻擊。什麼嘛！真是任性的傢伙。

雖然小傢伙們很難搞，卻像是能奏出幸福樂聲的樂器。這麼說來，彷彿是為了讓人撫摸而塑造出來的貓背曲線，也宛如樂器般美麗。

如果會彈琴的人，稱為「鋼琴家」；那麼，喜歡撫摸貓的人，也可以叫做「愛貓家」；當然，不想被這麼稱呼也行。只願全世界的貓和愛貓人士都能幸福，也期盼這世界充滿貓咪的咕嚕咕嚕聲。

※不好意思，藉機聊聊私事。我依舊隻身在外地工作。過著沒有貓咪相伴的生活，這才知道有貓相伴的日子多美好。身為愛貓家的我，顯然有待修練，好想演奏出咕嚕咕嚕聲。

譯註：為與文中的「鋼琴家」互相呼應，在此將愛貓的人譯為「愛貓家」。

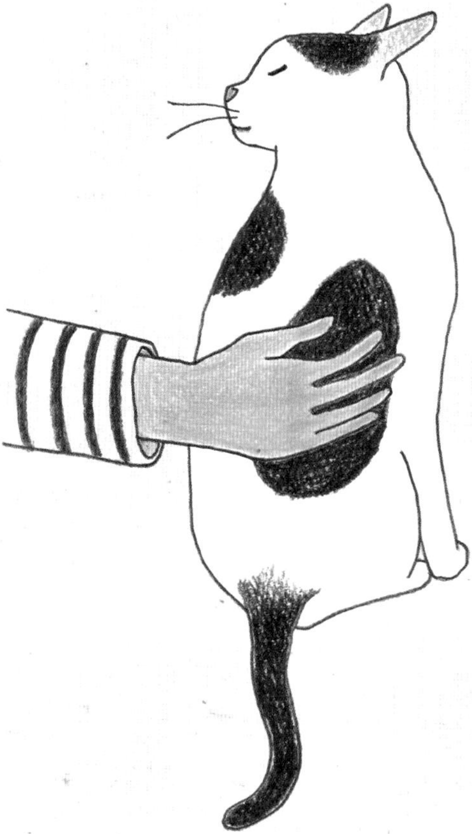

兩隻小貓逗弄著，防貓用的保特瓶所反射出的光。

我因為工作關係，整整離家一年。實在很難忍受沒貓相伴的我，正在進行一項名為「習慣與貓為伍的人，一旦過著沒貓一起的生活會變得如何？」的實驗。

開始進行實驗時，我穿上偏愛的黑色衣服。因為黑色衣服沾上貓毛會很明顯，所以我在家裡幾乎不穿，想這麼做是出於一種反抗心態吧。不過，現在之所以常穿，是因為有時發現沾在衣服上的貓毛，就會想：「啊～這是那小傢伙的毛……」

開始實驗時，我終於可以做出嚮往已久的「翻身」動作。一個人住的床當然可以完全獨佔，寬敞多了。但現在這般寬敞感卻讓我難以入眠，好懷念床上滿是貓的狹窄床鋪。

開始實驗時，我有種總算遠離貓，稍微解放的感覺。在只聽得到自己聲音的房間是既安靜又新奇的體驗；但如今，待在聽不到磨貓爪聲，也聽不到喀滋喀滋咬食物聲的房間卻如此痛苦。只想逃離房間的我在外出散步時，會無意識地尋找貓的身影。一遇到小巷弄，就會探頭窺看；看到放置垃圾的地方，也會駐足凝望良久。我搜尋著防貓用的保特瓶，因為有這個東西就表示那裡有貓。要是發現貓的話，就是我的幸運日。

……教授，這個實驗何時才會結束呢？

幸福是沉重而甜蜜的負荷。
為了不要吵醒躺在我膝上的貓，
我繼續保持坐姿喝著咖啡。

每次我坐沙發時，貓就會等著跳到我膝上。此刻，貓就窩在我席地而坐的雙腿中，很舒服似地發出咕嚕咕嚕聲，不一會兒便睡著了。我家的貓咪們都很有份量，啊～對了。這麼說來，我的日常生活就是這種感覺。

因為工作的關係，離家一年半後返家，轉眼過了一個月，貓咪們才逐漸有種「看來這傢伙（我）好像一直住在這裡」的熟悉感，教人不免感嘆「居然可以健忘成這樣啊！」我一邊向妻子抱怨，一邊逐漸想起家裡各種規矩地生活著。

說到規矩，我家有個不成文的規定，那就是：「貓躺在膝上睡覺時，坐著不動就對了。」畢竟牠們好夢正酣，不宜打擾，至少我和妻子是這麼想。好比妻子想喝咖啡，但貓剛好躺在她的膝上睡覺時，一定會叫我幫她沖杯咖啡；換做是我也是如此。

幸福是種負荷，這是過了一年半獨居生活的我真切感受到的事。現在覺得厭煩的沉重感，總有一天會變成讓自己深愛不已的事，所謂「甜蜜的負荷」就是這麼回事。

對我來說，貓睡在膝上的沉甸甸感，絕對是「幸福」的同義詞，其中也包括享有妻子為我沖杯咖啡的特權。

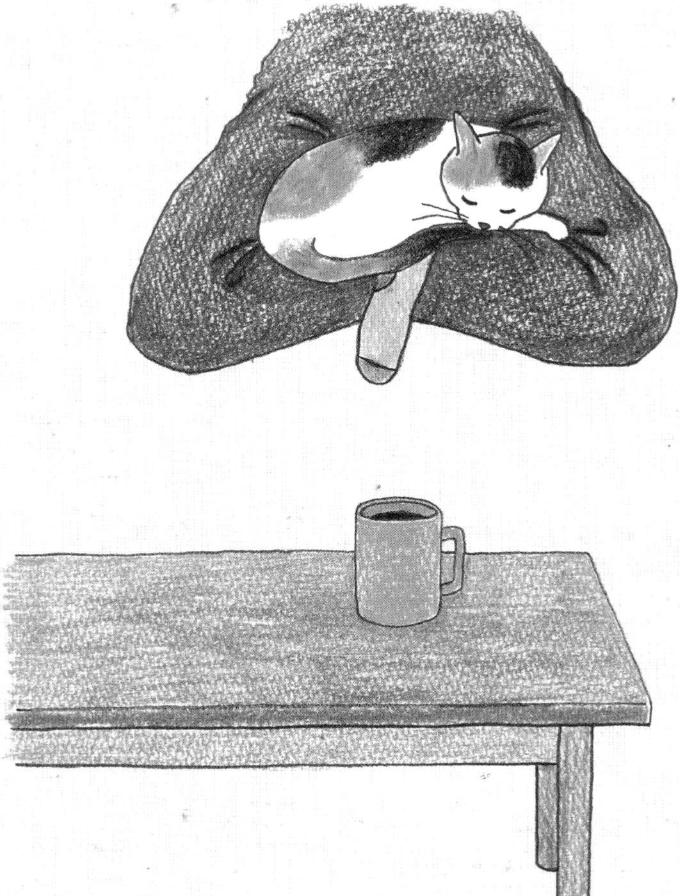

貓毛讓我打噴嚏，
貓被噴嚏嚇得逃離，
飛散的貓毛又讓我打噴嚏。

我離家工作這段期間，最長超過一個月，最短也有五天沒回家。回到久違的家，聞到獨特的味道，就有種「啊啊～回家了」的感覺。這麼形容好像味道頗好聞，其實我家飄散著一股濃濃的動物體味。

心想「啊啊～終於回家了」的我能暫時放鬆一下，沒想到頓時噴嚏、鼻水、眼淚齊發，莫非這就是人家說的「貓過敏」？因為我曾罹患過敏性皮膚炎，所以會出現這些症狀也沒什麼好奇怪，只是我每天在家時沒怎麼注意就是了。

反正這些症狀不太嚴重，沒什麼好擔心，只是我的噴嚏讓「ＫＯＭＩ」退避三舍（ＫＯＭＩ討厭噴嚏聲）。

這是有原因的，因為我的噴嚏屬於連發型。打第一次噴嚏時，原本縮成一團睡覺的牠驚醒，抬起頭；打第二次噴嚏時，牠會責備似地發出不滿的喵叫聲；打第三次噴嚏時，牠就躲進床底下，好一陣子都不出來。

ＫＯＭＩ八成心想：「什麼啊？這麼奇怪的叫聲。討厭死了！」有沒有搞錯啊！明明讓我猛打噴嚏的原因之一就是你。

想哭的人，應該是我。

Milky是一隻連母親的味道都不曉得，不停喵叫的貓的名字。

Milky是隻棄貓。這名字令人聯想到又白又甜的牛奶糖，其實不然。「Milky」是妻子在婚前養的貓，也是我家年紀最大的貓，亦是我唯一不曉得為何取這名字的貓。Milky……這名字好甜。因為這是妻子年輕時幫貓取的名字，還請見諒。（請誰見諒？）

明明是老貓，卻有個比任何一隻貓都來得華麗的名字「Milky」，好可愛……。因為這是妻子年輕時幫貓取的名字，還請見諒。（又來了！）

Milky是十四年前，剛出生沒幾天就被妻子發現的棄貓，不曉得是什麼原因遭棄養。不過，因為當初是在棄置路邊的紙箱裡發現牠的，所以肯定是被人棄養。為什麼有人狠得下心，做出這種事？這讓同樣身為人類的我無法理解，而且難以忍受這般惡行。妻子很同情遭逢這種境遇的小貓，所以會盡量讓牠「自由自在、無拘無束地長大」。

Milky的高傲、任性、固執脾氣的確很有三毛貓風格，但我覺得不光是因為毛色的緣故。妻子在牠眼中，肯定只是個女僕吧。至於我的話，怕是根本不入牠的眼。

但只要牠能健康、充滿活力地活著，就算無視我的存在也沒關係。

將貓送到新主人的路上，坐在副駕駛座的我，不斷練習將嘴角上揚。

去年年底的某一天，妻子帶了一隻小公貓回家。取名「小步」的這隻貓完全不怕生，馬上就能和其他貓前輩融洽相處。

就在我替牠找新主人時，透過我長期帶貓咪看診的一家動物醫院，找到非常不錯的領養人。於是，我決定讓小步去他們家試住兩週。

試住的第一天，送小步去新主人家，他們家養了四隻狗。我將小步放出提籠，眾人一臉緊張地看著牠走向狗，只見小步和狗嗅著彼此的味道，氣氛頗融洽。卸下心防的小步開始想睡覺，是因為不怕狗的關係嗎……？

兩週後，我再次和收養家庭以及小步見面。新主人家的五歲小女兒對著小步喊：「Marron！」哦~取了新名字啦！聽到她那像是在呼喊好朋友的聲音，我開心地想：「看來應該沒問題吧。」也有一股「小步要離開我們家了」的落寞感。

回家的路上，坐在副駕駛座上的我努力佯裝開朗地對妻子說：「小步的新名字叫 Marron 啊！Marron 是棕色的意思吧？不覺得這名字超可愛嗎？」我瞅了一眼默不作聲的妻子，只見她露出帶著悲傷的笑容。

……小步、栗子、蘋果、芝麻、Marron，希望你們都能過著充滿活力又幸福的每一天。

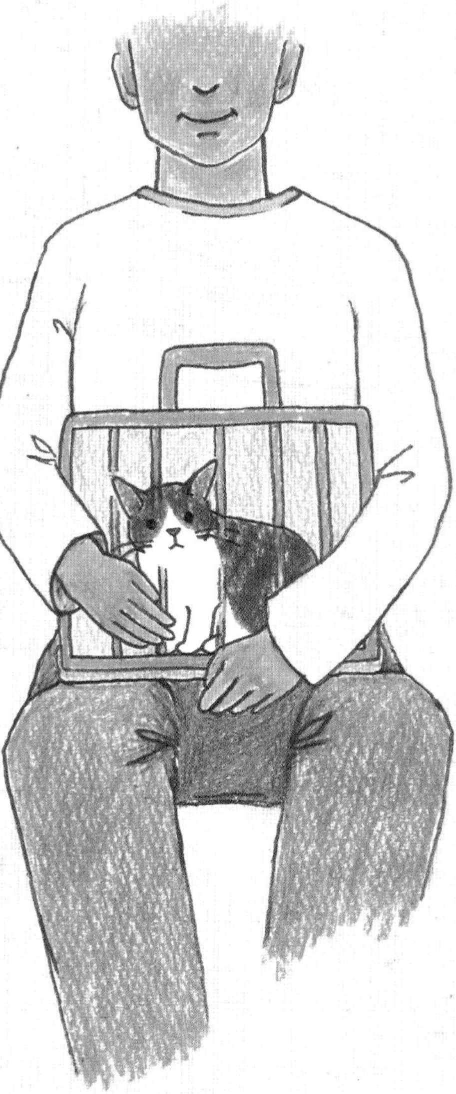

無法留在照片的，
是那隻貓的不安。
也是我內心的不安。

寫給Milky

好久不見。你離開我們，去當小天使已經一年了。你在那邊過得如何？因為事發突然，一時無法接受的我和小朋（妻子）就這樣渾渾噩噩度過了一年，搞不清楚究竟是「已經過了一年」還是「還沒滿一年」，每天都過得很茫然。

自從Milky離開我們，小朋時常打破盤子、哭泣；畢竟一起生活了十五年，一時難以接受也是很自然的事，但她最近總算好多了。

其他貓咪們的相處模式也起了明顯的變化；夏目和小空變得很愛吵架，小蕨和小桐會聯手欺負阿一，足見一直以來都是靠Milky的斜睨功夫與老大風範，得以維持群體和平。

對了。我們家最近來了新成員，是隻名叫「小點」的小母貓。出生沒幾天就來到我家，現在大概三個月大吧。不久就要送牠去我位在千葉的老家。小點很活潑，要是Milky還在的話，肯定會常常被牠惹惱吧。

有陣子，小蕨和時雨時常盯著客廳的某處地方，明明那裡什麼也沒有。我忽然心想：「啊、莫非Milky回來嗎？」應該沒這回事吧。不過若真是這樣也挺好就是了。

P.S.周年忌這天，我總算買了個小骨灰罈，想將遺骸埋在你小時候待過的老家的田地，這麼做可以吧？

我發現，跟我那焦慮不已的心相比，貓額頭（譯註）顯然寬敞多了。

我一覺醒來。慘了！睡過頭了。快啊！快啊！就在我起身疊棉被時，發現貓A躺在上頭。

「不好意思啦！我要整理棉被，可以讓讓嗎？」

我趕走睡眼惺忪的貓A，疊好棉被。貓B在我腳邊打轉，催促我趕快準備早餐。

「啊、等一下喔！我馬上弄給你吃。」

我將疊好的棉被暫時擱在床上，先幫貓B弄吃的。

（好了。趕快收拾一下床墊才行。）

我的視線落在剛才疊好的棉被上，發現被子中央隆起，有東西在裡頭蠢動。

「拜託啦！我趕時間。出來！趕快出來！」

我將瞬間鑽進被子裡的貓A趕出來。真是的！我打開收納寢具的壁櫥，這次換貓C竄進去。

「蛤?!我趕時間！不要進去啦！」

我硬是將竄進壁櫥裡的貓C拖出來。

（真是的！怎麼可以因為這種事，就對牠們大小聲呢？）

我反省自己的心胸狹窄，做完一大早的例行事務後，走進工作室；雖然貓D睡在我的工作椅上，但我已經不想發脾氣了。

譯註：貓額頭（「猫の額」）是用來比喻地方狹小的意思。

因為是貓，才會那麼萬人迷吧。其實牠是個愛撒嬌的鬍子大叔。

我家有隻花紋還蠻特別的貓，有時候會讓我真的很想說：「天啊！不覺得牠太調皮了嗎？」

「臉上這裡有塊斑紋啊……」或是「要是少一點褐色就好了……」像這樣，每次發現讓我發出如此感嘆的貓時，我都會憐愛地說這是「可惜花紋」。

我家「可惜花紋」的毛小孩代表，就是夏目。收養當時（約莫兩個月大）就是一張鬍子臉，感覺好像會一副以老大的氣勢脫口而出說「老子我（譯註）」怎樣怎樣，所以給牠取名夏目。明明才九歲，長相卻很老成，倒也有著不輸給大文豪的氣勢。

託夏目的福，最近我每每在推特PO牠的照片，都會博得不少「帥哥哦」、「酷哦」這類的美譽，讓我有點嫉妒。沒想到長相老成的牠卻是我家最會撒嬌的毛小孩。舉例來說，當我撫摸其他貓時，都必須稍微講點話，才會聽到貓發出咕嚕咕嚕聲；但夏目不一樣，只要跟他四目相交，就能聽到牠發出咕嚕咕嚕聲，這好像不能稱為「巴甫洛夫的狗」（制約反應），而是「仁尾之貓」狀態。

話說回來，我也不是那種會撒嬌的男人，只是個有一嘴亂鬍的中年大叔，當然沒異性緣、母貓緣，這都要怪老天爺吧。一定是這樣吧。至少也讓我像貓那樣有點古靈精怪感嘛！

譯註：原書日文為「吾輩」，中文意思就是「老子我」（男性用語，口氣比較自大）。因為作者聯想到夏目漱石的作品《吾輩是貓》（我是貓），所以為這隻貓取名夏目。

無法相信連續遇見
二十隻可愛貓咪的機率。

我最近的睡眠品質變得很好，以往只要有一點點聲音，就會馬上醒來，是因為天氣的關係嗎？還有啊，我家「阿一」最近頻頻向我撒嬌，以前他的撒嬌對象都是內人，現在也許多少也察覺到我的好吧。

某天吃早餐時，我裝作很傷腦筋似地向妻子炫耀：「最近阿一半夜都會對我撒嬌，一直摩擦我的鼻子和嘴巴，還咬下去呢！」

妻子一副心知肚明地回道：「是啊！而且很用力咬呢！還咬了好幾次，真佩服你居然還能繼續睡。」

蛤？妳發現了嗎？既然有空佩服，為何不叫醒我呢？不對，應該直接拿吃的給牠。我這麼抗議道。妻子立即反駁：「我們家沒有半夜給點心的習慣，況且阿一又不是找我，牠是找你討吃的。」說得也是啦！我想。

吃完早餐後，我一邊刷牙，一邊照鏡子，看著鼻頭上被咬的痕跡。我撫著傷痕，心想：「看來阿一真的挺喜歡我啊……」同時也看著其他各種比鼻傷更嚴重的傷口。

早上一身正式西裝，
搭配白色領帶。
西裝上的貓毛讓我坐立難安。

我受邀參加外甥的婚宴。已經三年沒穿過西裝了，我特地先從衣櫃取出來試穿一番，赫然發現上頭沾著貓毛，應該先送洗再收起來才對。我試穿上衣時，也發現沾上了新貓毛，還有西裝褲也是，真不曉得該怎麼辦才好。

只要待在這個家，便無法逃離貓毛上身。發現這一點的我決定婚宴當天帶著除毛球機出門，走出家門後，再用除毛球機除去黏在西裝上的貓毛；雖然這麼做頗麻煩，但不愧是招妙計。

婚宴在鄉下的古民宅舉行，滿滿的手工佳餚，是非常棒的一場婚宴。成為親戚的兩家親友也一起拍照合影，氣氛既莊重又溫馨，真的太棒了。

還沉醉在美好婚宴氛圍中的我在回程電車上，試著向妻子提了個小小的建議。我想，我當下肯定露出很興奮的表情吧。

「我們回家後，穿著這身衣服和毛小孩們一起拍張照片，如何？畢竟好久沒穿得這麼正式了。」

只見妻子露出「又在胡言亂語什麼啊……」的表情，瞅著我。

不待妻子回應的我自言自語：「果然不行，對吧？」這次我又自動打消了念頭。

愛在喜歡的時間，喜歡的地方，盡情睡覺，毫無防備的貓。

不能對貓有任何要求。牠們最好什麼都別做，只要少惹麻煩就萬幸了。

這個夏天，九歲的「白地」和病魔纏鬥一個半月後，去當小天使了。明明是個慢郎中的牠為何走得如此急呢？對我家來說，那是一段沈重又疲累的日子（當然，白地是最辛苦的）。

白地送醫的三天前，我聽到從家門前的田地傳來貓叫聲。走過去一瞧，是隻剛出生不久的小公貓。那時正值螢火蟲時期，所以在找到新主人之前，我們暫時幫牠取名「ＨＯＴＡ」，身上有著像是絡腮鬍花紋是一大特徵，而且非常親近人。

就在白地的身子愈來愈虛弱時，ＨＯＴＡ的天真無邪療癒了我們。因為遲遲找不到想收養牠的新主人，所以我們打算想自己養……應該說，我們也希望這麼做。八月一日凌晨，白地去了另一個世界，沒想到同一天，就有人聯絡我們，表示想收養ＨＯＴＡ；想想，還真是不可思議呢！

不能對貓有任何要求，但ＨＯＴＡ不一樣，彷彿身負使命的牠在我們最需要安慰的時候來到我家。所以我珍惜牠的好意，向牠撒嬌，真的很感謝有了新名字「ＫＥＩ」，被新主人疼愛的牠。

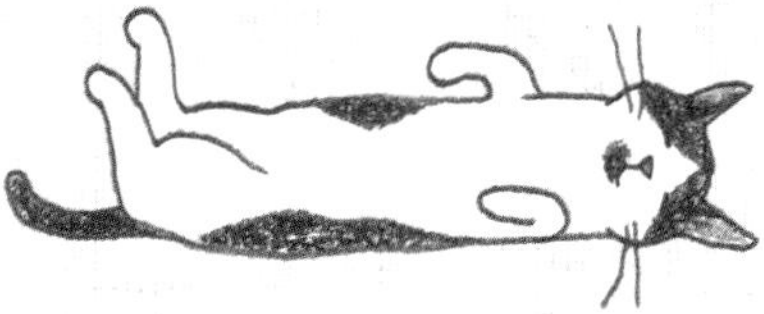

將貓送去新主人家後，提籠變得好輕，卻也很沉重。

我換了一隻新牙刷。我踩了一下洗臉台旁的垃圾桶踏板，心裡同時想著：「怕牠們玩垃圾桶，才買有蓋子的。」邊把舊牙刷扔掉。

「NIKO」和「判」是去年秋天，同時被我們撿到的貓（牠們的名字由來是這樣的，取自「猫に小判」這句成語的念法，這句成語的意思是，就算給予很貴重的東西，也不懂得珍惜）。

兩隻貓在一起，簡直鬧翻天，這是我們養貓這麼久從沒有過的經驗。牠們會翻弄垃圾桶、扯下窗簾、爬上掛窗簾的軌道、拔掉圖釘……，搞些教人瞠目的破壞行為。

暫時收養牠們幾個月後，遲遲沒幫牠們找到合適的新主人，而牠們也逐漸長大，不再是小貓模樣。從某個時間點開始，我心想：「別急，慢慢找吧。」但也暗忖著：「要是找不到的話，就留在我們家吧。」就在我幾乎快放棄的時候，終於找到願意一起收養牠們的人，足見找新主人這件事真的是靠「運氣」與「緣分」。

自從牠們去了新主人家之後，我家就靜得不像養了九隻貓。相較於我家的清靜，新主人家肯定很熱鬧吧。

不曉得牠們習慣新環境了沒？看來我也得早點適應變得如此安靜的我家囉！

無論是面對貓，還是喜歡的人，我都只有被團團耍的份。

我家有一隻對於食物相當講究的貓。「小蕨」不同於牠的外型，個性十分纖細敏感。

我家的貓每天享用早晚兩餐，基本主食是貓乾糧，晚餐加些貓濕糧。因為貓濕糧是額外給的，所以我會挑選價格適中的罐頭，平均分配給九隻貓。

其他貓都吃得津津有味，只有小蕨總是一臉嫌惡樣，某天牠竟然還絕食抗議，我只好常備稍微貴一點的罐頭，視牠的臉色再決定要不要給。

但我突然想到一件事。

任性的小蕨備受禮遇，其他貓只能默默吃著便宜的貓罐頭，這樣不是很不公平嗎？沒錯，就是說呀！

昨天，我想說給一向不挑食的「小福」吃貴一點的罐頭吧。

「小福有時也會想吃美味的東西，對吧？」我邊對小福這麼說，邊將加了一點罐頭的餐食放在牠的面前。

沒想到小福嗅了嗅，不感興趣似地別過臉，就這樣步出廚房。

我傻眼……。原來小福不是對吃的不講究，而是堅持只吃便宜的貓罐頭。

那天，我才知道原來我家至少有兩隻對於食物很講究的貓。

總之，我不想再多確認什麼了。

CAT
FOOD
1kg
CAT

貓孩子們啊，
不管你們幾歲當小天使都行，
但千萬要安享天年，不要走得那麼突然。

貓毛讓我打噴嚏，
貓被噴嚏嚇得逃離，飛散的貓毛又讓我打噴嚏。

這是我以前連載時寫的短歌，那隻逃離的貓名叫「KOMI」。我每次一打噴嚏，KOMI就會生氣地喵喵叫，聽叫聲就知道牠有多厭惡，所以我每次打完噴嚏都會向牠道歉，這傢伙的架子就是這麼大。

KOMI才十歲就突然去當小天使。那天傍晚，我一如往常準備牠們的晚餐，一如往常將食盒端上二樓的臥房，然後以悠哉的口吻說了句：「吃飯囉！」KOMI就這樣躺在牠最愛的坐墊上，像睡著似地嚥下最後一口氣。不過，也許並非如此，牠早就出現異狀，只是我沒即時察覺罷了。因為事出突然，我到現在還無法釋懷，這種感覺真的很痛。為什麼走得這麼早、這麼突然？

現在我就算打噴嚏，也沒有貓會生氣。自從KOMI離開那天之後，我每次打噴嚏就像在提醒自己KOMI已經不在了；但打噴嚏的同時，也會讓我想起牠，就像是牠留下來的禮物。原來惹惱別人，並非全然是壞事。

反覆無常、高雅、難搞的三毛貓，也有體貼的一面。

我家歷代貓孩子中，有四隻是三毛貓。

元老級「Milky」是妻子婚前就飼養的貓，個性相當傲嬌。我們剛開始一起住時，牠根本完全漠視我的存在。

二月時去了天堂的「ＫＯＭＩ」最討厭噴嚏聲，所以我每次打噴嚏，都會遭牠臭臉以待。

ＫＯＭＩ的姊妹淘「小海」，最近常常和「小桐」打鬧。

說起來，不管是Milky還是ＫＯＭＩ都和其他貓處得不太好；但三毛貓彼此之間的感情倒是挺好，就像校園劇演的那樣，幾個家裡有錢的同學在班上搞小團體。

因為三毛貓一直以來都是給我這種感覺，所以我覺得牠們就是這樣的生物；不過，第四隻三毛貓「小福」卻不一樣。

小福天生好脾氣，喜歡照顧其他同伴，也很討人喜歡，和其他貓相處融洽，完全顛覆我對三毛貓的印象，怎麼說呢？就是給人相當隨和的感覺。

我把這感想告訴妻子，她回道：「因為世代不同的關係吧？」

就像泡沫經濟世代和寬鬆世代的想法截然不同般，即便一樣是三毛貓，但世代不同，個性當然也不一樣，這是妻子的看法。

我心想：「不會吧。怎麼可能……」瞅了一眼小福，牠依舊小腹突出。

或許，小福是新型三毛貓吧。

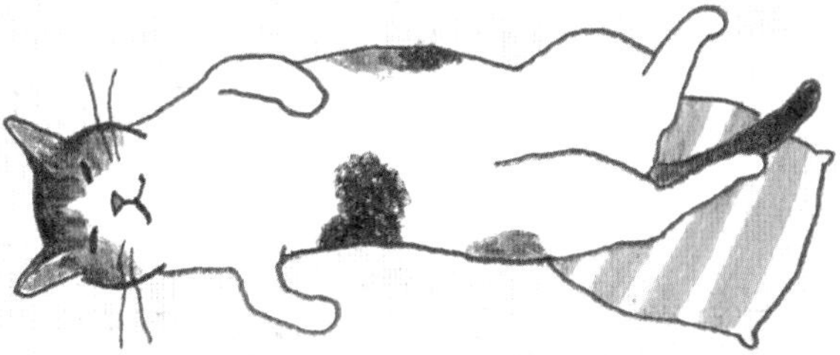

有些貓開心時，會發出「嚕」的聲音。但不曉得牠們難過時，會發出什麼聲音。

我寫的這些關於貓的文章，其實都是些「閒話家常」的事。

總之，不管寫得再怎麼生動，也不能昧著良心騙人。我不會用「可愛」之類的輕鬆字眼形容牠們，純粹只是費盡心思地想傳達養貓的魅力。

最近，迷途誤闖我們家庭院的貓愈來愈多，其中有一隻似乎不太能適應外頭流浪的生活，所以我們讓這隻天生臭臉貓進屋。因為牠是隻長毛貓，所以取名「小長」；雖然名字很普通，但小長卻很有個性。

貓相當我行我素，畢竟天性使然，也沒什麼不好。好比牠明明討厭窩在你的膝上，但要是牠自願跳上來的話，就會乖乖待著，貓就是這樣的動物。

可是小長有點不太一樣。比方說，拍拍膝蓋的我對牠說：「過來吧！」牠總是很開心地跳上來；而且不管我走到哪裡，牠都會跟著；就連我洗澡時，也會蹲在浴室門口等我，是不是很像忠犬小八？

怪的是，牠對於女主人就沒這麼熱情，可說是我從沒遇過的類型。

一想到我因為出差，會有好長一段時間不在家，這種微妙的失衡感恐怕會愈來愈大，還真是傷腦筋啊！

直到現在也是，只要我從椅子上起身，要去洗手間時，牠就會抬頭對我「嗚嚕嚕」地叫，加上牠天生臭臉，那模樣真的好可愛。

……啊，又忍不住誇牠可愛。

我覺得自己是居中媒合的人，我家就是浪貓的中途之家。

好久沒暫時看顧小貓了。

那是隻出生約莫一週的幼貓。我將籠子放在二樓的工作室，每隔四小時餵一次奶，看著專注喝奶的小貓，感覺生命就是這麼回事。

二樓工作室的旁邊還有一間臥室。

臥房裡有正在和病魔搏鬥的「阿一」，牠的口腔健康狀況一直都很不好，每個禮拜回診兩次，醫師會為牠注射點滴和止痛藥。

我知道這樣的日子快到盡頭了。

看著小貓一天天長大，阿一卻愈來愈衰弱，我在工作室面對「生」，在臥室面對「死」，每天的情緒波動好大。就在某一天，阿一平靜地嚥下最後一口氣，去了另一個世界，還沒斷奶的小貓已經會跑來跑去了。

我在「生」與「死」的擺盪中，強烈感覺「我家就像個通道」，只是讓貓從此生過度到彼世的通道。雖說只是條通道，但我卻不覺得空虛，怎麼說呢？因為我明白這份使命的意義，也對此有所體悟。

後來，我們幫小貓找到新主人，現在名叫「TOMU」的牠備受寵愛。

當個居中媒合的人也沒什麼不好。

我想，我家就是讓和我們有緣的貓能夠安穩過活的「通道」吧。

「那時候好可愛」，我從沒用這種過去式的口吻，訴說關於貓的事。

去年底，家母離世後，我把老家飼養的貓「小點」接回家。

小點原本是七年前，妻子發現並收養的貓。那時才出生十天的牠看起來比較像鼬鼠，所以取名「小點」。直到斷奶前一直都住在我家，後來轉送給想養貓的家母。

當時，小點的毛色是淡淡的奶油色，身上幾乎沒什麼花紋，感覺牠比較像暹羅貓；但每次我回老家，發現牠的毛色愈來愈深，花紋也越發清楚，現在和當初撿到時簡直判若兩貓，活脫脫就是「貓怪變身！（譯註）」。不過，不只小點，我從來不會像是緬懷過往似的，說什麼「小時候好可愛啊」之類的話。

想說一隻在老家集三千寵愛於一身的貓，突然要和其他貓一起生活，肯定很辛苦，也對於當初送人，現在又接回來一事，深感抱歉。

所以我告訴自己至少要模仿家母生前的口吻，每天對牠說好幾遍：「小點，好可愛唷！」

無奈每次叫牠，小點都一臉嫌煩樣。

譯註：新美敬子女士創作的「貓怪變身！」，刊載貓咪小時候與長大的照片，是《我愛貓咪》深受歡迎的專欄。

對於連生日都不知道的貓，我只希望能看顧牠過完這一生。

前年冬季的某天，有隻從沒見過的貓來到我家。牠的右半臉有塊大瘡痂，十分瘦弱。

因為牠連反抗的力氣都沒有，所以我們不費吹灰之力便捉到牠，立即送醫。當時體重只有兩公斤的牠除了右半臉有個大傷口之外，還有貧血、脫水、黃疸……等症狀。「不曉得能不能保住牠的命。」這麼說的醫生只能盡力搶救了。

「牠叫什麼名字？」醫生問。因為牠看起來很瘦弱，所以我靈機一動，隨口說出「少爺（譯註）」這個名字，真的是隨口取的，畢竟當時想牠活下來的機率不大。

多虧醫生的妙手回春，總算救回一條小命，但牠的貓後天免疫不全症以及貓白血病檢測均呈現陽性反應，還罹患貓傳染性貧血，體弱多病的牠就這樣公然（？）成為我家一員。雖說加入我們這個大家庭，但牠必須完全和其他貓隔離，而且得定期回診。不過轉眼間，牠的體重足足飆升超過兩倍，右臉頰的傷口也痊癒（但為了避免牠搔抓，還是得戴著頸圈）。

少爺是隻性情溫和、愛撒嬌、樂天派的貓，感覺不管發生任何事，牠都不會抱怨的樣子，所以牠現在過得很安逸。

太好了。只要少爺平平安安地活著就行了。讓我們一起愉快生活吧。

譯註：日文的「ボロボロ」就是破爛、瘦弱的意思，而「少爺」的日文是「ぼうちゃん」，同樣都是「ぼ」這個音，所以作者才會做此聯想。

如果有所謂「幸福的味道」，應該就是陽光、麵包之類，像是貓的味道。

人們常說：「貓身上有陽光的味道。」

我是覺得「貓身上有稻穗香」。當我問別人這個問題時，竟然得到不少答案，像是餅乾、蒸過的馬鈴薯、紙香皂、汆燙過的毛豆、吐司麵包……。

試著用關鍵字「貓、香味」上網搜尋，還真的發現各種用來比喻貓身上味道的東西，像是牛奶、奶油、楓糖漿、稻草堆、棉被、爆米花等。不過，我對於解析「因為這味道的成分和這很像」，要找出「正確答案」沒什麼興趣；倒是對於明明聞到的是同一種味道，卻能用這麼多東西來形容同一件事很感興趣；而且無法確切掌握「就是這個！」如此確定的感覺，這一點實在很像貓。

我之所以覺得「貓身上有稻穗香」，是因為住在鄉下的關係吧。而且「稻穗香」會讓人聯想到「香氣」這詞。這麼一想，從「如何感受貓身上的味道」一事，便能顯現這個人的生活與價值觀，真的很有趣。

與其說是和九隻貓，
不如說是和九條命一起生活。

這個秋天是我第五次去越南旅行。

我比預定的時間提早三天回國，卻沒想到有意想不到的事等著我。

平安返家的我前往住家附近的便利商店時，發現有隻玳瑁貓蜷縮在花壇裡。

我心想：「還活著嗎？」一邊走向牠，只見牠稍稍抬頭。太好了！牠還活著。我抱起牠，絲毫沒有反抗的牠好輕，我趕緊將牠送醫。病毒檢查結果顯示牠的貓後天性免疫不全與貓白血病都呈陽性反應，那瞬間，就決定我家要迎接第九隻貓了。

妻子說：「幫牠取個感覺比較『輕鬆自在』又『安心』的名字吧。」期望牠能貓如其名。我查了一下，越南語的「輕鬆自在」好像是「Nhannha」這個字，念起來也很有貓的感覺。於是，我們將我從越南回來的那天，撿到的貓取名為「NYANNYA」。

我們家都是一些年紀大、身體不太好的貓，所以無可避免地會深刻感受到「生命」這件事。

我和妻子與這些不曉得能相伴到何時的生命們共度的日子如此充實，看著NYANNYA蹲在曬得到陽光的地方，希望牠能一如其名般閒適自在。

我的桃花朵朵開，每晚纏著我睡覺的情人都不一樣，一隻貓換過另一隻貓。

我很怕冬天，多麼希望一年到頭都是夏天。我要是這麼說，討厭夏天的人肯定會反駁：「冷的話，多穿一些衣服還能忍受，可是熱的話，就算打赤膊還是熱得半死。」

這類的說法我已經聽到耳朵長繭了。其實，寒冷的天氣才教人提不起勁。

「那搬去一年四季都是夏天的島嶼，不就好啦！」

這番話也聽厭了。我得先繳清這個房屋的貸款，心有餘力才能實現這個提議。

就這樣又迎來冬天。就寢時，貓咪們都會聚集床上，這是冬天的即景詩，也開啟「睡覺之地爭奪戰」，兩人與五隻貓（其他四隻睡一樓）在兩張單人床上進行地盤之爭。有時，我只能擠在兩隻貓的中間；有時，貓躺在我的胸部和腹部上頭，各自確保自己的睡覺地盤。

一早醒來，我發現枕頭不見了。瞧了一眼旁邊，原來是貓霸占了我的枕頭；不然就是可憐如我，只能勉強將頭枕在右邊四分之一的枕頭上。有時，半隻腳還露在棉被外，好冷。抬頭一瞧，有隻貓蜷縮在大腿一帶的棉被上；不然就是泰半棉被和毛毯都被捲走，我的腰部以下什麼也沒蓋到，冷得半死，又不敢吵醒睡得正香甜的毛小孩們。

無可奈何的我只能悄悄地鑽出溫暖被窩，勉強早起，所以我真的很不喜歡冬天。

貓在我那想去小解的膀胱一帶，揉啊揉的。

常聽別人說「貓知道自己叫什麼名字」、「貓很善解人意」之類的話，但我的認知是：「才怪！就算叫別隻貓的名字，牠也會回頭；有時候叫牠的名字，也完全沒反應。」更別提什麼善解人意了。畢竟就算是人類，也不瞭解彼此究竟在想什麼。

這幾天，我因為感冒一直昏睡。當咳得厲害的我躺在床上時，一到冬天幾乎不會離開自己睡覺的地方，我家最年長的貓「小空」就會悠悠現身，跳上仰躺著的我的胸口一帶，俯窺著我。

我看著牠那張臉，心想：「難不成牠在擔心我嗎？」這麼想的我隨即抹去這念頭。

「牠看起來像是在問我：『你還好吧？』因為我看起來很虛弱。」拚命告訴自己沒這回事的我，卻又忍不住這麼想。

「畢竟貓連自己叫什麼名字都知道，應該也能看透人們不明白的事吧。」我很想這麼想，卻又告訴自己千萬別這麼想。

小空蹲坐在我的胸口上，一派氣定神閒的模樣。

這般重量感，足夠了。光是陪在我身邊就夠了。

貓的睡姿還真是狂放，
今日是忽冷忽熱寒冬中的暖陽天。

這是個移動頻繁、變化迅速的時代。面對新環境有些擔心，卻也感覺新鮮，心情紛亂不已。

雖然我現在幾乎待在家工作，但直到幾年前，我都還經常出差，不在家。

離開熟悉的地方後，發現了各種新鮮事，真的很有趣。

好比我的鼻子彷彿每三天就會重新設定的樣子。出差返家後，我一打開大門，「喔喔！這是我家的味道。」就會這麼想，雖然純粹只是動物的體味；但要是只住一天的話，就不會有這種感覺。

還有，貓對於我的記憶也是每兩週就會重新設定的樣子。好比出差超過兩週的我一回家，貓咪們都是站得遠遠地望著我，明明是久違的重逢……。

不過，最大的發現莫過於「有貓相伴的生活，真好」，這是再理所當然不過的事。

對了，這次的連載也是出差版，而且是最後一次；因為隨著三次出差行程結束，又要回到原先的《我愛貓咪》連載。總而言之，真的是既擔心、又新鮮、有趣的出差行。

期待我們在這本雜誌的版面上再次相會。

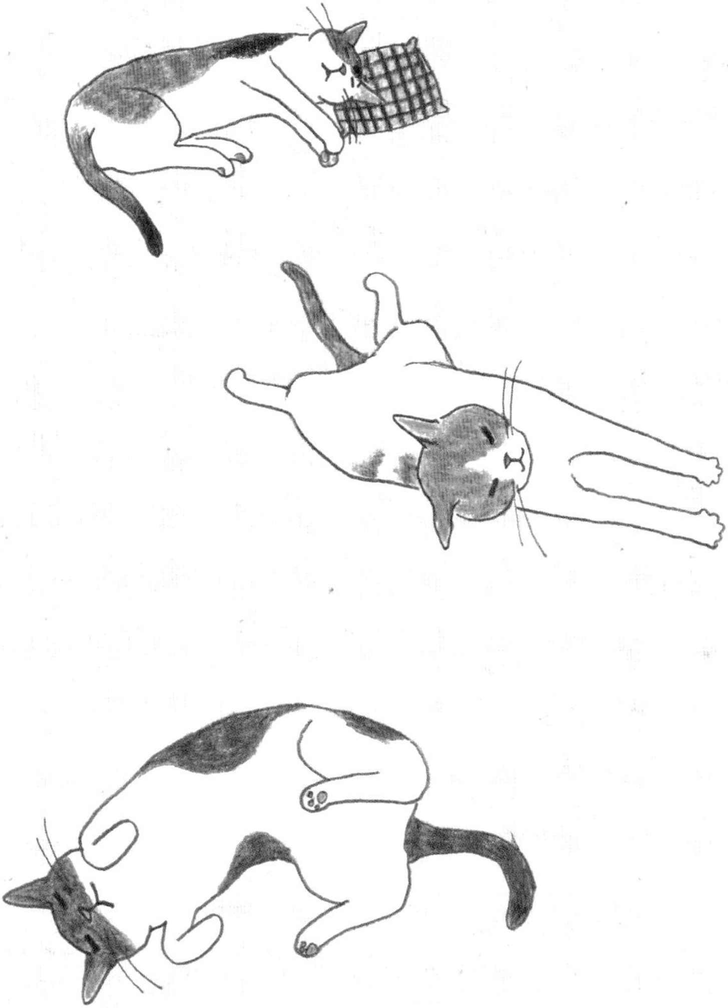

短歌原文

P.8

あのビルの脇の
室外機の上の
猫には誰も気づかない街

P.10

撮らないでただ眺めてる
被写体のような姿で寝る猫のこと

P.12

黒猫は見分けられても
ももクロもＡＫＢも見分けられない

P.14

伸びをする猫の背中をモチーフに
発明されたのがすべり台

P.16

猫がくる
ほめてほめてという顔で
何か不穏なものをくわえて

P.18

猫までも僕をあきれた顔で見る
脱ぎ捨てられた靴下の前

P.20

なんとかと煙と猫と僕は行く
目的もなく高いところに

P.22

話しかけたくなる猫の横顔に
話しかけても横顔のまま

P.24

「暴れる」か「寝る」かの二択
子猫には「温存する」がまだわからない

P.26

エリザベスカラーがやっと取れた猫
完治したのにむしろ弱そう

P.28
祝・到来
猫のあくびが最近で最大だった
きょうからが春

P.30
愛に似て生温かくやや痛い
猫におでこを舐められている

P.32
もう狩りをすることのない猫が研ぐ
爪がときどき私に刺さる

P.34
実情はさておき
窓辺に猫がいる我が家は
幸せそうに見えそう

P.36
振ると得るものがあるとき
小刻みに猫の尻尾はふるえるものだ

P.38
保護すべき猫が見上げている
猫よ、僕は困った顔してますか？

P.40
まっさきに猫がまくらのまんなかで
まんぞくそうにまるまってます

P.42
"fish or chicken?" と猫に聞けたなら
皿に残ったエサを見つめる

P.44
雨の日の猫を見てるとハメハメハ
「雨天休み」はたぶん正しい

P.46
この家で観測してきた限りでは
猫はコタツで丸くならない

P.48
猫が名を理解しているならば
この無反応さのわけを知りたい

P.50
「目の色が変わる」は
「夢中になる」の意味
子猫は夢中で猫になりゆく

P.56
猫なりの自覚と責任なのだろう
広げた新聞紙で眠るのは

P.58
もらわれていった子猫に
この家を思い出さない未来を望む

P.60

ノラだった頃じゃできない顔で寝て
油断とスキしかない猫でいて

P.62

のどが鳴る楽器をなでる
一流のネコナディストになる春の夜

P.64

猫よけのペットボトルに反射した
光でじゃれる子猫が二匹

P.66

幸せは重くて苦い
ひざに寝る猫を起こさずすするコーヒー

P.68

猫の毛のせいでくしゃみが出るせいで
逃げ去る猫の毛が舞うせいで

P.70

ミルキーはママの味すら知らないで
鳴いてた猫に名付けた名前

P.72

口角を上げる練習
里親に猫を届けにゆく助手席で

P.74

写真には残せなかった
あの猫の細さは僕の心細さだ

P.76

テンパってばかりの僕の心より
猫の額は広い気がする

P.78

猫だからモテるんだからな
ひげ面で甘えん坊の中年なんて

P.80

二十匹続けてかわいい猫に会う
確率なんて当てにならない

P.82

猫の毛が気になってもう座れない
礼服の朝　ネクタイは白

P.84

好きなとき好きなところで
好きなだけ寝る猫が
すきだらけで好きだ

P.86

里親に猫を届けて行きよりも
キャリーバッグが軽くて重い

P.88
どちらかといえば振り回されるほう
猫にも好きになった人にも

P.90
猫たちよ
いくつで死んでもいいよ
でも老衰以外で死なないでくれ

P.92
気まぐれで気品があって気難しい
三毛猫は気をつかう性格

P.94
嬉しいと「る」の音で鳴く猫がいる
悲しいときの音は知らない

P.96
里親に猫を出したり
看取ったりするとき
僕を筒だと思う

P.98
「あの頃はかわいかった」と
過去形で猫に言及したことがない

P.100
誕生日すらわからない猫なので
命日くらい見届けるのだ

P.102
幸せに匂いがあれば日なたとか
パンとか猫に似ているはずだ

P.104
九匹の猫というより
九つの命とともに暮らしています

P.106
モテ期来る
添い寝をせがむ恋人が毎晩変わる
猫から猫へ

P.108
おしっこに行きたい僕の膀胱の辺りで
猫がふみふみをする

P.110
はしたなく猫が寝ていて
本日は三寒四温の四温のほうだ

Hello Design 067

有貓的日子，才叫生活

作　者—仁尾智
繪　者—小泉紗代
譯　者—楊明綺
主　編—郭香君
責任企劃—張瑋之
封面、內頁版型設計—比比司設計工作室
內頁排版—藍天圖物宣字社

編輯總監—蘇清霖
董事長—趙政岷
出版者—時報文化出版企業股份有限公司
一〇八〇一九台北市和平西路三段二四〇號一至七樓
發行專線—（〇二）二三〇六六八四二
讀者服務專線—〇八〇〇二三一七〇五・（〇二）二三〇四七一〇三
讀者服務傳真—（〇二）二三〇四六八五八
郵撥—一九三四四七二四　時報文化出版公司
信箱—一〇八九九　台北華江橋郵局第九九信箱

時報悅讀網—http://www.readingtimes.com.tw
綠活線臉書—https://www.facebook.com/readingtimesgreenlife
法律顧問—理律法律事務所　陳長文律師、李念祖律師
印　刷—華展印刷有限公司
初版一刷—二〇二二年三月十八日
初版四刷—二〇二三年十二月十四日
定　價—新臺幣三八〇元

時報文化出版公司成立於一九七五年，並於一九九九年股票上櫃公開發行，
於二〇〇八年脫離中時集團非屬旺中，
以「尊重智慧與創意的文化事業」為信念。

有貓的日子，才叫生活／仁尾智作；小泉紗代繪；
楊明綺譯. -- 初版. -- 臺北市：時報文化出版企業
股份有限公司, 2022.03
　面；　公分
譯自：猫のいる家に帰りたい
ISBN 978-626-335-082-3（平裝）
861.67　　　　　111001974

ISBN 978-626-335-082-3
Printed in Taiwan.